W9-CEM-517

Estela en el mercado de pulgas

por ALEXIS O'NEILL

ilustrado por ENRIQUE O. SÁNCHEZ

traducido por EIDA DE LA VEGA

LEE & LOW BOOKS Inc.

New York

LEE & LOW BOOKS Inc., 95 Madison Avenue, New York, NY 10016
leeandlow.com

Manufactured in China by RR Donnelley Limited, December 2015

Book design by Christy Hale
Book production by The Kids at Our House

The text is set in Panama Opti
The illustrations are rendered in acrylic on canvas

(HC) 10 9 8 7 6 5 4 3 2 1
(PB) 10 9 8 7 6 5
First Edition

Library of Congress Cataloging-in-Publication Data
O'Neill, Alexis.
[Estela's swap. Spanish]
Estela en el mercado de pulgas / por Alexis O'Neill ; ilustrado por Enrique O. Sánchez ;
traducido por Eida de la Vega.– 1st ed.
p. cm.
Summary: A young Mexican American girl accompanies her father to a swap meet,
where she hopes to sell her music box for money for dancing lessons.
ISBN-13: 978-1-58430-245-2 (hardcover) – ISBN-13: 978-1-58430-246-9 (paperback)
[1. Flea markets–Fiction. 2. Moneymaking projects–Fiction. 3. Music box–Fiction.
4. Conduct of life–Fiction. 5. Mexican Americans–Fiction. 6. Spanish language materials.]
I. Sanchez, Enrique O. II. Vega, Eida de la. III. Title.
PZ73.054 2005 2004020164

Para Donna y Laura, con amor.
Gracias también a Bob Brown y Mom Boeshaar–A.O.

A Keeko–E.O.S.

La camioneta de papá daba tumbos por el parqueo del mercado de pulgas un domingo de marzo, temprano en la mañana. De pronto, un fuerte viento de Santa Ana sopló una cortina de arena y hojas contra las ventanas del vehículo. Estela apretó su cajita de música.

Su hermano Javier le tiró de la trenza y bromeó:

—Tendremos que ponerle un ancla a Estela para que no se la lleve el viento.

Era la primera vez que papá le permitía a Estela vender algo en el mercado de pulgas. Ella necesitaba conseguir diez dólares para completar el dinero para las clases de bailes folclóricos a las que quería asistir durante el verano. Se había pasado todo el año ahorrando ese dinero.

—Vamos —dijo papá—. Coloquemos nuestras cosas.

De la camioneta, fueron sacando juguetes viejos, ropas y muebles. Cargaron ollas y cazuelas y piezas de autos, y las colocaron en el puesto que les había tocado. Papá también había traído cosas que los vecinos querían vender.

—Aquí, Estela —dijo papá—. Puedes colocar tu cajita de música sobre este escritorio.

—Pero, ¿y si alguien quiere comprar el escritorio?

—¡Pues le vendes el escritorio! —se rió papá.

—Tienes que regatear —le dijo Javier—. Diles que si compran el escritorio, les regalas la cajita de música.

—¡De ninguna manera! —replicó Estela—. Ya verás lo que me darán por ella.

—Vamos a dar una vuelta —dijo papá—. Javier, por favor, cuida nuestro puesto hasta que Estela y yo regresemos.

Estela recogió su cajita de música.

—Déjala —le dijo Javier—. Tal vez alguien quiera comprarla.

Estela fingió no oírlo. Quería vender su cajita de música ella misma.

El mercado de pulgas era una diminuta ciudad de lonas, carpas y mesas. Había música por todas partes. Los pasillos estaban llenos de clientes. El aire tenía un delicioso olor a perros calientes, chile y palomitas de maíz.

Papá se detuvo frente a un puesto y señaló un tapacubos.

—¿Cuánto? —le preguntó al hombre.

—Nueve dólares —replicó el hombre.

—Le doy cuatro —dijo papá.

—Lo siento —respondió el hombre.

Papá se dio la vuelta.

Estela le tiró de la camisa y susurró:

—Pero, papá, necesitamos un tapacubos como ése.

—No te preocupes —le susurró papa mientras hacía como que se iba.

De repente, el hombre dijo:

—Se lo dejo en siete dólares.

—Seis dólares —ofreció papá, y el hombre estuvo de acuerdo.

—¿Ves cómo se hace? —le preguntó papá a Estela mientras regresaban a su puesto—. Como vendedor, tú pones un precio un poco más alto de lo que en realidad quieres. De ese modo, puedes regatear. Ahora, inténtalo tú.

Estela puso la cajita de música encima del escritorio. La gente pasaba sin detenerse. Estela abrió la cajita y se escuchó la alegre melodía de *Cielito Lindo*.

Al otro lado del pasillo una vendedora de flores aplaudió y dijo "¡Bueno!". Una festiva carpa cubría su puesto que estaba lleno de flores secas en macetas de arcilla. Ramos de flores de papel colgaban de los cordeles que iban de poste a poste.

"Tal vez la vendedora de flores quiera comprar algo", pensó Estela. Tomó su cajita de música y caminó hasta el puesto de la mujer.

Para entretenerse, la vendedora cosía el dobladillo de una hermosa falda, con cintas de colores en el borde.

Estela se imaginó lo divertido que sería bailar con una falda como esa. Ella giraría en el escenario y la falda giraría como las olas del mar.

—¿Le gustaría ver mi cajita de música? —le preguntó Estela a la vendedora de flores.

Los ojos de la mujer brillaron.

—Me encanta esa melodía —dijo—. Me recuerda cuando era pequeña.

—La estoy vendiendo —le explicó Estela—. Necesito diez dólares más para pagar las lecciones de baile.

Estela intentó dejar los pies quietos, pero la canción le hacía cosquillas en la punta de los pies.

La vendedora de flores sonrió:

—Veo que ya te sabes algunos pasos.

Entonces, empezó a tararear *Cielito Lindo*, mientras cosía el dobladillo de la falda.

Cuando Estela regresó a su puesto, se aseguró de que todo el que pasara pudiera escuchar la cajita de música.

Un cliente se detuvo frente a Estela.

—¿Cuánto? —preguntó.

—Doce dólares —dijo Estela.

Se sintió orgullosa de haber dejado un margen para regatear.

El hombre se rió, puso la cajita de música otra vez en su lugar y se perdió de vista.

—¿Crees que volverá, papá? —preguntó Estela.

—Me parece que tu precio le ha parecido muy alto —replicó papá.

La próxima que se detuvo fue una mujer.

—¡Qué música tan bonita! —exclamó.

—¿Quiere hacerme una oferta? —preguntó Estela esperanzada.

—Dos dólares —dijo la mujer.

¿Sólo dos dólares? Por un momento, Estela se quedó sin habla. Entonces dijo:

—Estaba pidiendo doce, pero para usted . . . se la dejo en diez.

La mujer sonrió y se alejó.

—¿Cómo te va? —le preguntó Javier.

—Oh, Javier —dijo Estela—. Estaba segura de que alguien compraría mi cajita de música enseguida.

—Debiste haber traído algo más para vender —dijo Javier—. Hubieras tenido más probabilidades de conseguir diez dólares.

Sin previo aviso, una fuerte ráfaga de viento irrumpió en el mercado de pulgas, tomando a todos por sorpresa. Los toldos se zafaron y se agitaron en el aire. Las carpas se pusieron patas arriba. Hubo platos quebrados y postes de metal que resonaron con estrépito al caer al suelo. Estela agarró su cajita de música para que no se fuera volando.

—¡Mis flores! ¡Mis flores! —gritó la señora que estaba enfrente, al ver el desastre. Las macetas de la vendedora se habían hecho añicos al caer al suelo. Las flores de papel habían volado como pájaros. La señora se sentó sobre la falda que estaba cosiendo para que no se fuera volando también.

Estela corrió a ayudarla. Sin pensarlo, puso la cajita de música sobre la mesa de la mujer. Enderezó uno de los postes de la tienda para que no cayera sobre la cabeza de la vendedora. Y entonces escuchó otro ruido.

Estela se dio la vuelta.

¡Su cajita de música! Estaba cubierta por pedazos de macetas.

"Oh, no", pensó Estela. "Seguro que se rompió. Ahora nadie me la querrá comprar".

Estela tenía miedo de acercarse a mirar, así que se puso a ayudar a la vendedora de flores. Enderezó los postes. Fue por los pasillos recogiendo las flores de papel que se habían ido volando.

Cuando Estela regresó, la vendedora de flores sonreía y sostenía la cajita de música. Al ver la tapa estropeada, Estela apartó la vista.

La mujer abrió la cajita. Las notas de *Cielito lindo* llenaron el aire.

—Todavía funciona, pequeña —dijo la mujer.

¡Su cajita de música estaba bien! Podía pintarle la tapa para cubrir los rasguños. Todavía podía venderla.

Estela agarró fuerte su cajita y bailó de la alegría. De pronto, se dio cuenta de que casi no quedaba nada en el puesto de la vendedora.

—¿Qué venderá ahora? —le preguntó Estela.

La mujer movió la cabeza y contestó:

—Hoy, nada. Pero el próximo domingo, flores. Tengo toda una semana para hacer más.

"¿Cómo podrá hacer todo ese trabajo en sólo una semana?" se preguntó Estela. De repente, supo lo que tenía que hacer, aunque no consiguiera nada de dinero ese día.

—Por favor, señora, le quiero dar esto —Estela le alargó la cajita de música—. Ahora puede escuchar música mientras hace las flores.

La vendedora dudó un momento. Entonces dijo: —Gracias, pequeña.

Estela regresó a donde estaban papá y Javier. Deseaba secretamente que la vendedora la llamara y le devolviera la cajita de música, pero no lo hizo.

Estela intentó olvidarse de la cajita de música y pensar en lo que traería al mercado de pulgas la semana siguiente. Los compradores buscaban precios bien bajos. Tal vez, podría vender algunos de sus juegos viejos o de sus animales de peluche. Cuando llegara a casa, buscaría en su cuarto cosas que resultaran interesantes para los compradores. También tendría que pedirle permiso a papá para venir la semana próxima.

Más tarde, cuando se acercaba la hora de marcharse, papá la llamó:

—Estela, aquí está tu amiga.

Estela se dio la vuelta. Allí estaba la vendedora de flores.

—Yo creo que es justo que hagamos un intercambio —dijo la mujer y le dio una bolsa a Estela—. Hasta pronto, pequeña. Y la mujer se marchó con prisas.

Estela miró dentro de la bolsa y exclamó:

—¡La falda!

Estela sacó la falda de la bolsa y se la puso por encima del vestido. Giró y giró, mientras se imaginaba que bailaba en el Ballet Folklórico.

—¿Volveremos la próxima semana, papá? —preguntó Estela, pensando todavía en el dinero que necesitaba.

—Por supuesto, Estela. Parece que has aprendido a hacer intercambios —dijo papá.

—Sí —dijo Estela—. Pero ahora debo aprender a vender.